a vida em
pequenas doses

Direção Editorial
EDLA VAN STEEN

Elias José

a vida em
pequenas doses

© Elias José, 1997

2ª EDIÇÃO, GLOBAL EDITORA, SÃO PAULO 2001
2ª REIMPRESSÃO, 2014

Diretor Editorial
JEFFERSON L. ALVES

Assistente Editorial
ROSALINA SIQUEIRA

Assistente de Produção
FLÁVIO SAMUEL

Projeto Gráfico e Capa
CÉSAR LANDUCCI

Ilustrações
CÉSAR LANDUCCI
MAURÍCIO NEGRO

Revisão
SANDRA REGINA FERNANDES

Editoração Eletrônica
ANTONIO SILVIO LOPES

Dados Internacionais de Catalogação na Publicação (CIP)
(Câmara Brasileira do Livro, SP, Brasil)

José, Elias, 1936-2008
A vida em pequenas doses / Elias José ; ilustrações Maurício Negro e César Landucci. – São Paulo : Global, 2000. – (Coleção Jovens inteligentes)

ISBN 978-85-260-0594-5

1. Literatura infantojuvenil I. Negro, Maurício. II. Landucci, César, 1956- III. Título. IV. Série.

98-2151   CDD-028.5

Índices para catálogo sistemático:

1. Literatura infantojuvenil 028.5
2. Literatura juvenil 028.5

Direitos Reservados

**GLOBAL EDITORA E
DISTRIBUIDORA LTDA.**

Rua Pirapitingui, 111 – Liberdade
CEP 01508-020 – São Paulo – SP
Tel.: (11) 3277-7999 – Fax: (11) 3277-8141
e-mail: global@globaleditora.com.br
www.globaleditora.com.br

Obra atualizada conforme o
Novo Acordo Ortográfico da Língua Portuguesa

Colabore com a produção científica e cultural.
Proibida a reprodução total ou parcial desta obra
sem a autorização do editor.

Nº de Catálogo: **2089**

ELIAS JOSÉ

Nasceu em Santa Cruz da Prata, distrito do município de Guaranésia, Minas Gerais. Graduado em Letras e Pedagogia, com pós-graduação em Redação Escolar, Literatura Brasileira e Teoria da Literatura, disciplinas que lecionou no Ensino Médio e em cursos de Letras.

Publicou mais de sessenta livros com obras para adultos, didáticas, mas sobretudo novelas e poesias infantojuvenis. Ganhou vários prêmios importantes, como o Jabuti, para o melhor livro de contos de 1974 e o Governador do Distrito Federal, para o melhor livro de ficção de 1974, ambos para o seu terceiro livro de contos, *Inquieta viagem no fundo do poço*. Ganhou o Concurso de Contos de Paraná, o Mobral de Literatura, foi finalista no Concurso de Contos Eróticos da revista *Playboy*. Com livros infantojuvenis, ganhou várias vezes o Altamente Recomendável da Fundação Nacional do Livro Infantil e Juvenil, dois APCA, dois Adolfo Aizen da UBE/RIO e o Prêmio Odilo Costa Filho, para poesia infantil. Muitos livros, infantojuvenis, passam da 10ª edição, somando, juntos, mais de um milhão de exemplares vendidos. Tem contos e poemas traduzidos e publicados em vários países. Vários livros foram selecionados para representar o Brasil em feiras de livros internacionais.

Faleceu em 2 de agosto de 2008, aos 72 anos, na cidade de Guarujá, SP.

A VIDA EM PEQUENAS DOSES

Em 1991, Elias José publicou o seu segundo livro, *O tempo, Camila*, apenas com minicontos, que raramente ultrapassavam uma página. As boas críticas recebidas e a inclusão de muitos minicontos em várias revistas experimentais de literatura e suplementos literários, que havia na época, estimularam o autor a continuar a pesquisa de redução de uma história à sua essência. Os demais livros de contos (seis) foram apenas de contos médios ou longos. Contudo, vários contos mínimos, não tão mínimos como os haicais de Dalton Trevisan, iam nascendo e sendo separados, para um dia, depois de selecionados, aparecerem em livro.

A vida em pequenas doses reúne esses contos, escritos em épocas diversas, mas sempre com a preocupação com a síntese dramática. Os minicontos não pretendem retratar histórias das personagens em toda a sua vida, mas retratar instantes significativos que viveram. A unidade de conflito une-se à unidade de tempo, espaço, foco narrativo e aos poucos personagens de cada história. A linguagem essencial, cortando palavras e frases que não faziam falta para o enredo nem para a caracterização das personagens, marca a coerência com as demais unidades narrativas.

Os temas dos contos são intimamente ligados à realidade sofrida de pessoas comuns, vivendo determinado conflito, em choque com outras pessoas ou com a realidade que as cerca, vivendo a vida em pequenas doses. Como o autor prefere a ação psicológica à dinâmica, as personagens vivem doses de lembranças ou de reflexão sobre fatos presentes que as feriram profundamente.

As relações amorosas entre homem/mulher estão presentes na maioria das histórias, em convivência pouco pacífica ou completamente desestruturada.

Sendo um livro destinado aos jovens inteligentes e mais maduros, poderá ser lido com prazer por qualquer leitor adulto, pois não há concessões, uma vez que o tipo de leitor pretendido não desconhece o universo retratado. Mais do que as histórias, chamarão a atenção do leitor o estilo, as estruturas narrativas, o modo diferente que Elias José buscou para contá-las. Para a Global é um prazer trazer de volta ao conto um contista premiado e que vem se dedicando mais a obras infantojuvenis.

LEITURA

... a infância, a casa de muitos cômodos, o porão com morcegos e segredos, a bola de pano, o carrinho de rolimã, os gibis, os livrinhos de histórias, as viagens, o porão-navio, velhos móveis como tanques de guerra, a enorme mangueira, as outras mangueiras, o mundo lá de cima dos galhos mais altos, as montanhas próximas, os quintais dos vizinhos desvendados, os segredos familiares nos vãos de portas e janelas, as mangas madurinhas, o gosto bom, o amarelão no rosto e nas mãos, a calma, os pensamentos soltos, a vontade de voar, de tocar o céu, de furar as nuvens, de apanhar pássaros em voos... o rio, o corpo nuzinho na água, a areia clara nos pés, as pedras coloridas, os gritos da mãe, as ameaças...

... o banho demorado, o jantar, os odiados deveres de casa, os cochichos, a letra fora da linha e horrorosa, as cartas do baralho, o pai e a paciência, a mão peluda montando e desmontando jogos, a mãe ouvindo novela no rádio; fim dos deveres, uma limonada geladinha, a avó e as suas histórias, os heróis vindo com a fala dela, o seu tapete voador, a gente no Líbano, tropel de camelos no deserto, gritos de heróis-cavaleiros, bandidos, heróis valentes, príncipes, sapos, princesas, Ali Babá e os ladrões, Aladim e o sono vindo e a voz da vó muito longe, muito de longe, já dentro do sonho...

A MORTE DO DITADOR

Quando anunciaram a morte verdadeira do ditador, já corriam muitos boatos sobre o seu assassinato.

Apesar de todo tipo de recurso químico usado, poucos parentes ou íntimos quiseram se aproximar da urna mortuária. O mau cheiro que o corpo exalava espalhou-se pelo país inteiro – e o país era um gigante sonolento.

Falaram em luto nacional, oito dias de velório, depois passaram para três. Na manhã do segundo dia, com uma fortuna recebida para o serviço, sete coveiros se encarregaram de conduzir e enterrar o morto. Apenas eles, sem amigos, familiares ou rezas.

A ciência não explicou o mau cheiro – apesar das pesquisas universitárias. Não explicou também o fato mais triste: a terra do cemitério ficou ressequida e não há elemento químico que faça reviver a florida alameda que chamava a atenção e tornava a morte mais leve e menos triste para os vivos.

A MORTE DO PADRE

O torturador não explicava as modificações em seu rosto, depois que torturou com tanta raiva o *padre vermelho*. Manchas roxas no rosto e nos braços. Os olhos injetados de sangue e o medo gritava nas órbitas. Os lábios rachados sangravam. O nariz ganhava uma cor esquisita, vermelho-escuro, coçava muito, estava dolorido e disforme.

De madrugada, olhava-se no espelho e chorava e chorava. Nas ruas, as pessoas olhavam-no disfarçadamente e arrepiavam-se sem explicação. A mulher e os filhos falavam em médico, queriam saber o que houve, e ele temia qualquer consulta ou resposta.

Quando o desespero ficou insuportável, pôs o revólver na cinta. Antes de matar-se, procurou o *padre vermelho*. Sabia que tudo não passava de uma maldição e resolveu completar o serviço interrompido.

Após o crime, na igreja vazia, sentiu medo e solidão. Na sacristia, um espelho. Não viu sangue no rosto, nem nas mãos, estava transparente. Como no revólver havia mais balas, usou-as.

Acharam o padre todo vermelho, envolto em sangue. Acharam o torturador com três buracos no corpo, roupa e chão limpos, como se fosse apenas a morte de um boneco.

SOMBRA E CHEIRO

Ele avisou que chegaria e que todos saberiam de sua presença sem ver sua pessoa. Ele avisou e ninguém sabe quem recebeu o aviso, mas logo todos ficaram sabendo e houve alegria e risos e houve lágrimas e temor na cidade. Os que o veneram se colocaram em religiosa espera. Outros se disfarçavam ou se fechavam em casa.

Todos perceberam quando o homem chegou e ninguém o viu nitidamente. No ar, o seu cheiro dominava. Nas sombras dos outros homens sua sombra longa e imponente imperava. Cheiro e sombra que bastavam para alegrar a vida de meia cidade. Cheiro e sombra que espelhavam medo e cautelosa espera. E as emoções estavam soltas e presas, ninguém conseguia ficar indiferente. O cheiro, a sombra, a cidade diminuindo sob a força do homem que era só sombra e cheiro, cheiro e sombra.

O VULTO NO JARDIM

Tenho certeza de que vi a mulher andando no meio das árvores e flores da praça, o vestido longo e branco e transparente, as mangas compridas e soltas, as formas do corpo perfeito, os seios, as pernas e coxas, a luminosidade nos olhos, cabelos muito pretos em contraste com o vestido branco, o sorriso largo mostrando os dentes perfeitos e os lábios pintados, um jeito de despertar calores no corpo sem qualquer gesto estudado ou vulgar, o caminhar talvez, talvez a seda transparente marcando as formas do corpo, talvez os olhos, o sorriso talvez, não sei, não consigo explicar, como não percebi como surgiu na madrugada e nem sei como não a consegui reter quando foi sumindo, sumindo, sumindo.

A CIGANA

Ela me pediu a mão para ler, perguntou dia e hora do nascimento. Queria ver meu destino, passado e futuro, tudo. Sorria e falava sem parar, estava bela e radiosa como nunca vi mulher nenhuma. Quando começou a leitura da mão, gaguejou, emudeceu e lágrimas caíram pelo rosto moreno. Os lábios da mulher tremiam, a pele murchava, os olhos perdiam o brilho, os cabelos ficaram brancos de repente e as mãos que seguravam a minha estavam frias e suavam. Mãos manchadas de velhice e cheias de rugas, notei. Não tive coragem de levantar a cabeça. Beijei as mãos, não falei nada e saí sem dizer uma palavra.

    Nunca mais vi aquela cigana, nem como era antes nem como ficou após a leitura de minhas mãos. Só sei que perdi a fome, perdi o sono e só penso no que me espera...

O TESTAMENTO

Assim que percebeu o fracasso da cirurgia e que o câncer tomava seu corpo, o padre Osvaldo rabiscou anotações para o seu testamento:

"Para minha irmã mais velha, a pobre Olga, a casa, já que não tem onde morar. Para rezar por minha alma, já que é devota e reconhecida, o meu rosário de prata e a *Bíblia Sagrada*, ilustrada e preciosa.

Para a Violeta, irmã do meio, que planta e colhe, o sítio e duas barras de ouro, com elas construirá meu túmulo, se a cidade não o fizer.

Para a Rosalva, a mais nova, sentir que não implicarei mais com ela, o carro novo e bom para paquerar estranhos...

Para a beata Antônia, tão pura e tão crente, sempre me achando um santo, as imagens e o meu retrato, assim me adorará e rezará por mim.

Para o sacristão Emílio, nada. Ou melhor, como piada, os meus óculos cansados. Ele sempre me espionou e precisará deles para atormentar o novo pároco. Morrerá de ódio, pois sempre se considerou meu herdeiro total e me bajulava para conseguir isso.

Se eu deixar em testamento alguma coisa para Margarida e os filhos (serão meus realmente?), a cidade não deixará a minha alma em paz... Entregarei a ela, escondidinha, uma bolsa cheia de dólares, e ninguém ficará sabendo..."

A CASA DE TRÊS MULHERES

No seu quarto, a avó lembrava-se de seus tempos de dona de casa, de suas poucas amigas, dos filhos e do marido. Ele vivia sempre ocupado e ela cuidava sozinha da casa e dos oito filhos (fora os dois últimos que perdera). Com o passar dos anos, nem amigos eram mais. Cada um vivia fechado nas suas queixas e doenças. Mas ele estava vivo e ela morava na sua casa. Antes não tivesse vindo morar com a filha, mas...

No seu quarto, a filha da avó pensava em como seria a vida agora que estava descasada de novo. Teria que batalhar por uma boa pensão para não ter que trabalhar como louca para sustentar a casa, como da vez anterior. Poderia ter sido mais tolerante com o segundo marido, e tudo se arranjaria, mas o cansaço, a rotina, mas...

No seu quarto, a neta da primeira mulher e filha da segunda, passava a mão na barriga, que já começava a crescer. E estudava um jeito de contar tudo para a mãe e para a avó. Não queria saber de casamento e nem de aborto. Queria uma quarta mulher na casa, uma bisneta para a avó, uma neta para a mãe e uma filhinha muito dela. Sacrificaria um pouco a sua vida, os seus dezoito anos, mas...

AS MÃOS

    Nesta noite fria, eu só queria você aqui, queria suas mãos e nos aqueceríamos e falaríamos coisas quentes e coloridas, que dariam um sentido novo ao duro cotidiano que nos afoga e nos tonteia, sem muita perspectiva de refazer o que foi sonhos e planos e anda se gastando, mas dura, apesar dos trancos e dos transes; nesta noite fria, eu só queria...

A MULHER CROMÁTICA

A mulher vinha-lhe em sonhos todas as noites e cada vez mais bonita, mais verde, azul, amarela, rosa, vermelha ou branca. Tocar naqueles seios era uma bênção. Firmar os olhos naqueles olhos-faróis era endoidecer e, ao mesmo tempo, ficar lúcido e calmo, muito quente e excitado. O arco-íris nascia-lhe no sexo e se estendia pelos braços, pelos finos fios dos cabelos, até atingir os orifícios da cabeça, olhos, ouvidos e boca. As pernas eram troncos marrons, com galhos verdinhos e flores do campo, sempre miúdas, mas de variadas formas e cores, como se nascessem por dentro da pele. E eles se amavam e as cores dela passavam para o corpo dele e os dois viravam nuvens, jardins, caleidoscópios, rodas-gigantes...

O TELEFONEMA

Duas horas, madrugada fria, o mundo parado, nenhum ruído, e tocou estridente o telefone. Levou susto, nunca o telefone tocou tanto, tão forte e tão tarde. Atendeu. Uma voz de mulher pedia que ele lhe desse um só motivo para viver, uma explicação para os mistérios, qualquer coisa que a impedisse de estourar os miolos com um tiro. O revólver estava na mão, puxaria o gatilho se não ouvisse alguma palavra de esperança. Ele não tinha verdade, fé ou certeza, mas falou que o melhor era esperar o sol, o dia, a cidade vibrando de novo. Quando ouviu um ruído de tiro e um grito de adeus, ficou mudo, paralisado. Não conseguiu dormir mais. No outro dia, sonolento, a cabeça estourando, nada dava certo no banco. O gerente repreendeu-o três vezes. O telefonema era para ele, já no fim do expediente. A esposa reclamava da pensão, queria mais, não estava dando. Ela não era de ferro para trabalhar como doida, educando sozinha três crianças. Para não estourar, passou no bar, tomou duas doses de vodca, comeu alguma coisa e foi para casa, querendo dormir mais cedo.

Madrugada, sono pesado, e o telefone tocou ainda mais estridente. Atendeu, a mesma voz desconhecida pedia-lhe uma explicação para a vida, um só motivo para viver, do contrário daria um tiro na cabeça...

O SOL

O menino sonhou que o pai era um sol muito grande, com intensa luminosidade e um calor insuportável. Suava e sentia tontura. O corpo queimava-se e estava dolorido, como se tivesse levado uma surra.

A mãe ouviu os estranhos gemidos que vinham do quarto do filho e foi vê-lo. Ele se queimava em febre e mal podia articular as respostas às perguntas dela. Quando o pai veio, atendendo aos gritos da mulher, o menino viu quando ele passou-lhe as mãos nos cabelos, quando tocou, tremendo, a testa para ver como estava a febre, quando deixou cair algumas lágrimas pelo rosto. E uma paz muito grande dominou o corpo do menino, que voltou a dormir, já respirava normalmente e não sentia arrepios nem febre.

O FILHO PRÓDIGO

Não adianta olhar com tédio a plantação, querendo sumir. Não resolve sonhar com as tormentas do mar em rio quase seco. As montanhas de ouro não existem no seu planalto. As mulheres de pele tão seda e beijos vulcões só existem nas suas revistas.

A comida da mãe é sempre melhor e dormir depois da bênção é mais ameno. Os moços doidos sonham viagens que seu irmão nem sonha. Essa natureza bonita prende e amarra, mas você não será mais dela, ficando. Mas não vale partir já feito, levando nos bolsos cautela e parte da herança. Não adianta reter paternos conselhos nem se apiedar do isolamento do irmão.

Partir assim é ficar, é partir de brinquedo, como partem os piratas dos seus livros.

Para o seu irmão que fica, ficam os prêmios, os doces, a mesada, as flores e as peias. Se é para partir e rasgar o tédio, que as mãos partam vazias, que nos pés haja asas e na cabeça formas e cores.

Não volte tão cedo. Não se mate de saudades. Não se machuque nas primeiras pedras. Se voltar, nada de farrapos, troféu, festas ou planos de retorno. Abrace, conte e escute. Arraste o seu irmão para o mundo. Seus pais partirão e vocês dois abraçados chorarão muito. Seus filhos partirão, também, e você e sua mulher chorarão muito, pois a vida é assim.

O SANGUE DA AMORA

A menina, depois de mastigar a amora, quis fazer batom do vermelho dela. Os lábios ficaram muito vermelhos, mas as mãos também se mancharam. Mas o menino achou muito bonito a prima-namoradinha toda de batom de amora. E aconteceu o primeiro beijo medroso. E as duas bocas ficaram vermelhas de amora. E passaram a ter juntos aquele segredo de amora e beijo...

O AMIGO

De repente, ele surgiu na porta da garagem e ria tanto que sacudia o corpo cheio de banha. Dava murros nas minhas costas com as pesadas mãos, me abraçava forte e esfregava o seu rosto barbudo no meu. Se não me dissesse (e ele queria que eu adivinhasse!), não reconheceria o amigo de infância, quase subnutrido, sempre com licença médica na educação física e em dias de prova, dispensado de fazer o tiro de guerra por problemas de saúde. Aquele era um amigo seco e amargo, esse era todo esponjoso com sua gorda doçura. E falava sem parar sobre o nosso tempo de garotos. Aquilo sim era vida boa, não esta loucura de hoje.

Eu não conseguia me lembrar de uma só das travessuras e loucuras que fizemos juntos, que o nosso grupinho fez. Lembrava-me que era um moleque fraco, mal brincava, e nunca o vi brigando ou pulando muro para roubar frutas. Ele inventava o passado, a infância e a adolescência cheias de lances e loucuras. Eu era sempre o parceiro, o amigo preferido... Não me custava muito sorrir, com cara de quem estava vendo um fantasma, e abanar a cabeça como quem concordava com tudo o que o desconhecido me dizia.

O DESTINO

Dona Salima conta que tremia quando o seu pai e o tio Farid marcaram o casamento dela com o primo Latif, combinado há anos. Não conhecia o primo e tinha medo de ser um grosseirão e feio. Nos seus sonhos, ele era bonito e educado. A mãe dela dizia que não havia sírio feio e nem ruim para a família. Tinha fotografias, mas ficava em dúvidas se eram dele mesmo. O tio Farid e o pai conversaram sozinhos, longamente. Se entrasse na sala, pareceria uma moça oferecida, fácil, como as brasileiras.

Nas vésperas do casamento, Latif e Salima conheceram-se e encantaram-se. Casaram-se, tiveram filhos e fortuna e são felizes ainda.

Quando os filhos estavam em idade de se casar, quiseram também acertar o casamento deles com filhos de patrícios. Sara, a mais velha, disse que estava apaixonada por um filho de japoneses, nem morta o largaria. Fádua, a mais nova, era doida por um filho de italiano. Latif Filho, mais interesseiro, topou. Casou--se com Salma, a filha de um primo rico de São Paulo. Tiveram dois filhos, mas se divorciaram. Ele se apaixonou por uma mulata; e Sara, por um catarinense, filho de alemães.

Agora, nas férias, na casa, há uma salada de raças. Dona Salima balança a cabeça, dá com os ombros e diz que o destino é muito engraçado, e foi muito bom para eles...

TRANSFORMAÇÕES

Naquele dia ele chegou do serviço e sentiu uma enorme necessidade de encontrar a sua mulher como era antes, perguntando como havia sido seu dia, dando-lhe beijos, alisando-lhe os cabelos, contando-lhe pequenos casos diários dela ou das crianças.

Sentiu uma vontade de sentar com ela no banco do jardim, com latinhas de cerveja, um tira-gosto e muito assunto bobo, sem objetivos. Poderiam contar piadas ou cantar um samba de bossa-nova, como sempre faziam.

Ele sentiu vontade, mas agora o mundo dela era diferente. Assim que se aproximou para beijar-lhe o rosto, como saudação de chegada, ela só disse um *oi* e um *olha!*, mostrando para a papelada. Ele já sabia que eram os papéis da confecção que estava sempre crescendo. Era preciso conferir tudo. Não se pode confiar essa parte aos empregados, uma noite seria pouco... O amor ficaria para outro dia...

DEUS NÃO QUIS

O pai falava para os filhos: se Deus me der mais dez anos de vida, deixo vocês todos ricos, riquíssimos! Deixo fazendas de café, de gado, casas, apartamentos, ações e dinheiro no banco. É só Deus me dar mais dez anos de vida e vocês verão!... Com tantos negócios na cabeça, tanta vontade de trabalhar, o país crescendo e oferecendo oportunidades, vou deixar vocês muito ricos, em dez anos.

A mãe falava que, se Deus quisesse, o pai ainda viveria uns quarenta, chegaria fácil aos oitenta, com tanta saúde e vontade de viver. Ela, sim, morreria cedo. Não tinha saúde e era de família sem velhos.

Deus só deu ao pai quarenta anos. E ficaram a viúva e os filhos desorientados, com a morte dele e com suas dívidas...

Com a vida resolvida e muita saúde, com netos e bisnetos, ela comemora noventa anos. Os médicos e filhos garantem que chegará aos cem.

CONVERSA NECESSÁRIA

    O velho convocou toda a família, até os bisnetos, para um almoço na fazenda. Antes do aperitivo, quis ter uma conversa muito séria e necessária:
    – Meu pai continuou a obra do meu avô, que havia continuado a do meu bisavô... Pra que enumerar os mortos? Estou muito vivo e em ação, apesar dos quase noventa. Renovei os cafeeiros e o pomar. Plantei frutas que ninguém por aqui plantou. Avivei as laranjeiras, jabuticabeiras, mangueiras e tudo o mais, para o nosso gasto e gosto. Posso não provar uma só dessas frutas novas, mas plantei com alegria. A casa está ótima pra mim, mas fiz novos cômodos. A família está só

aumentando... O café dará mais dinheiro, pois o novo vem aí com uma bela florada. Não preciso do dinheiro do café. Não preciso de quase nada pra viver. Só melhoro a fazenda pensando nela e em vocês todos. Quero fazer algumas perguntas pra todos e não quero saber das respostas agora. Será que vocês, pessoas da cidade, vão sujar as suas mãos com esta terra? Vão comer os frutos que plantei, ou vão passar as terras pra frente, assim que eu morrer? Será que esta casa vai pertencer a estranhos ou será lugar de paz e convivência dos nossos? O café será colhido e vendido por mãos familiares? No céu ou no inferno, vou cobrar isso de vocês todos... Agora, vamos aos aperitivos. Não sou de muito falar...

A TRÁGICA LIÇÃO

Na sala de aula, diante das crianças, a mocinha substituta não sabia se dava aula ou se chorava. Os meninos assustados não entendiam o choro, o desespero dela.

Ela vinha sempre substituir dona Isaura, a professora que carinhosamente chamavam de tia Isaura. No começo, não gostaram da substituição. A ligação com dona Isaura era muito forte e a mocinha, muito inexperiente. Acostumaram-se com ela, mas tinham saudades da tia Isaura.

A diretora negou-se a dar a notícia. As outras professoras mais velhas disseram para a mocinha que era sua a obrigação e que as crianças já estavam acostumadas com ela. Era a única pessoa indicada para dar a notícia. Ela dizia que não tinha estrutura nem física nem psicológica, mas elas não se interessaram.

Quando as crianças começaram a desesperar-se com o desespero da professorinha, ela saiu aos gritos da sala de aula. Não conseguiu dar a notícia da morte da querida tia Isaura. Sofria antecipadamente com a dor das crianças...

TENTATIVA DE RECUPERAÇÃO

Ela preparou bem a casa e preparou-se como se fosse dia de festa. O marido elogiou as mudanças. E ele viu a empregada saindo com os presentes da patroa: *jeans*, camisetas, vestidos comuns, roupas do uso diário. Coisa que ela usava sempre e nem era notada.

– Vai se trocar, pois já estamos atrasados – falou a mulher.

– Não me lembro de nenhum compromisso... – disse espantado.

– Vamos jantar fora. Será uma noitada e tanto! Por que combinar antes? Não era o que fazíamos aos sábados? Hoje é sábado, então...

Quando ele abriu o guarda-roupa, espantou-se com a quantidade de vestidos, ternos, jaquetas, camisas, calças e lingeries, novos e caros. Na sapateira, muitos pares para os dois. Quis explicação, falou em crise financeira, já com medo das prestações e do avanço nos cartões de crédito e cheques especiais. Ela foi firme e sintética:

– Quando as coisas começam a deteriorar, é preciso arrumar a casa, refazer o guarda-roupa, passear e sentir que o mundo não acabou. Vamos logo...

Ele entendeu, não discutiu, e entrou logo para o banho.

INVESTIMENTOS

– Na vida, é preciso investir em tudo, nas amizades, nos parentes, nos vizinhos e no amor – ela dizia toda sábia para as amigas.

E investia sempre nos outros. Vestia-se bem para o marido e para as amigas. Fazia doces gostosos que mal provava e ia distribuindo compoteiras para as vizinhas, a sogra e as cunhadas. Se o marido gostava de um penteado, sofria para mudá-lo. O marido pouco notava o capricho dela com a casa e a comida, o trato com a pele, os cabelos sempre bem penteados, a pintura certa nos olhos, nos lábios e no rosto. Tudo era para agradá-lo, investimentos. Os filhos não gostavam de legumes, ela caprichava nas carnes. Queriam roupa e tênis da moda, deixava de comprar para ela e atendia-os. O marido e os filhos viam tudo como uma obrigação.

Um dia, cansou-se e resolveu investir em si mesma. Arrumou empregada, emprego, amigos novos. O marido e os filhos reclamavam da comida, da roupa por lavar ou passar, da falta de doces caseiros na sobremesa. Ela fingia que nem era com ela...

Investiu em ações e dólares. Dinheiro dela, o marido não via. O dele tinha que dar para despesas e sobrar. Em silêncio, programa com as amigas viagens aqui e no exterior, para as próximas e as futuras férias.

O TÊNIS 38

Quando ganhou da professora o tênis 38, já usado, ficou tão alegre que logo pediu licença e foi ao banheiro calçá-lo, aliviado. Já não teria que suportar o tênis 36 apertando o pé e a alma, atrapalhando a atenção nas aulas.

A sua tortura era maior quando chegava à cidade, vindo descalço do sítio, os pés soltos, as unhas encravadas muito livres e a sola dura suportando as pontas dos cascalhos. Numa torneira no pátio da escola, lavava os pés e torcia-se e sofria para calçar o único tênis que tinha, um 36, que ganhou da patroa da mãe.

Agora, com o tênis 38 nos pés, sentia-se um rei. Nenhum professor ou professora zangaria mais com ele por falta de atenção. Os pés estavam livres e soltos, não atrapalhariam a cabeça de acompanhar as aulas. E a vida de menino pobre já não era assim tão triste...

O REENCONTRO

Na festa, os dois em grupos diferentes. De repente, os olhares, os sorrisos, os olhares, cigarros, copos de bebida, olhares, sorrisos, conversas desviando, novos olhares, a aproximação meio nervosa, o aperto de mão, o abraço, os beijos nas faces, olhares fundos, medo de falar, mãos se apertando, abraço, beijo na boca, carícias nos cabelos, as mãos dele na cintura dela, as mãos dela envolvendo o pescoço dele, um longo beijo na boca, loucura nos carinhos, abraços e beijos, olhares dos presentes, comentários, o mundo só deles, só neles, só eles, para sempre e de novo, juntos.

AS LUZES DE MARIA

Chamava-se Maria da Luz, mas vivia sempre apagada em seu canto, sem brilho nos olhos, nos cabelos ou na pele. Saía para passear e voltava sem ter recebido um olhar masculino, e sofria, enjeitada.

Despedida do emprego, foi receber o fundo de garantia e viu um cartaz na porta do salão de beleza: *precisa-se de moças*. Sem saber nada de cortes de cabelo, unhas ou pintura, quis tentar. Quem sabe serviria para limpar o salão, varrer cabelos, esquentar água, passar objetos?

A dona do salão gostou do jeito honesto, mas falou em transformações, pois lidaria com gente em busca de beleza. Passou uma semana aprendendo a andar, a arrumar cabelos e a acertar as suas unhas. Ensinaram-lhe o jeito certo de passar pintura e cremes. Deram-lhe vestidos ainda bons, um pouco fora de moda. Vendo Maria caminhar de cabeça erguida, passos firmes, sorriso aberto, cabelos caindo leves e brilhantes, o rosto tão diferente, a patroa só disse *aprovo*.

No ponto de ônibus, todos olhavam para Maria cheia de graça, morena bonita, de rosto e corpo bem-feitos e sorriso feliz. Os moços dirigiam-lhe olhares cobiçosos. E sentia-se uma Maria da Luz.

POSSÍVEL CONVIVÊNCIA

Ela, que não acreditava no amor, que à noite tomava comprimidos e desligava-se do mundo, que recusava qualquer companhia de parente, amigo ou namorado, que não permitia que ninguém invadisse o seu espaço, como vivia afirmando como em um disco já gasto, viu a cena, admirou-se e ficou olhando-a muito tempo, encantada. Há horas, estava no último banco do ônibus quando viu, no penúltimo, o casal de cabeças já branquinhas, um se encostando no outro, um curtindo o outro, naquele diálogo quase mudo, feito de sorrisos, olhares, beijos no rosto, ternura nos cabelos e mãos dadas.

A PROFESSORA DE PIANO

Era uma velhinha muito limpa e elegante. Roupas simples e certinhas no corpo magro. Um pouco de pintura no rosto, nos lábios e nos olhos verdes. Joias discretas. Os sapatos altos davam-lhe mais altura e ajudavam-na a caminhar mais ereta.

Lecionava nas casas dos alunos, pois o seu piano estava comido por cupins e desafinado. Antes da aula, tocava uma peça curta e todos admiravam as suas mãos hábeis e o sentimento na execução. Aceitava pedidos, toda dengosa com os elogios. Sorrisos e agradecimentos sempre polidos. Muitas vezes, aceitava almoços ou jantares. As mães mandavam as filhas observarem como ela se sentava e como usava bem os talheres. Os maridos elogiavam-na por falar baixinho e por ser sempre atenciosa.

Há vários dias a professora não aparecia. Os vizinhos também sentiram a sua falta. Bateram, gritaram o seu nome, e nada. A polícia arrombou a porta. Desnorteados, viram a velhinha no chão, muito machucada, as roupas rasgadas e nenhuma joia. Na casa só coisas sem valor, como o velho piano.

Agora, o som de um piano faz todos se arrepiarem, pois volta a imagem da velha professora, meio fada, meio fantasma, sempre encantada.

ENCOMENDAS

Sempre que o marido viajava para a capital, a fim de acertar seus negócios na firma que representava, a mulher fazia uma lista imensa de encomendas.

Era costureira conhecida e levava as novidades para o lugarejo. Ele teria que procurar as encomendas nas lojas já indicadas, e estas ficavam em pontos diferentes e extremos da grande cidade. Tudo muito certo na cabeça dela, planejadinho... Fazendo tantas compras, em tantos lugares, o marido não teria tempo de procurar mulheres, enquanto esperava o único ônibus de fim de tarde.

A VELHA EMPREGADA

Depois de fritar os ovos, fazer a salada, o arroz, o feijão e os bifes, Maria serviu a mesa. Tudo muito limpo. As mãos pretas sempre cuidavam para que nada faltasse ou ficasse fora do lugar. Pratos, talheres, copos e guardanapos nos devidos lugares. O corpo todo doía e a cabeça estourava. Nunca sentira dor tão funda e insuportável. Meio tonta, caminhava com dificuldade, mas não queria reclamar. A patroa já tinha tantos problemas... Era a mesma humilde Maria de todos os dias, mas por dentro sentia-se arrebentar.

Enquanto servia o jantar, sentou-se um pouco, como nunca fazia. A patroa chamou-a várias vezes e não ouviu movimentos ou resposta. Foi ver o que havia. Encontrou-a sentada, com a cabeça entre os braços, e espantou-se. Chegou perto, tocou o corpo frio e pendido. Viu Maria com jeito de quem se cansou de servir comidas e de limpar a casa e resolveu descansar para sempre. Viu e chorou muito, antes de contar para o marido e principalmente para as crianças.

O GATO

Lambendo as pontas dos dedos do menino, enroscando o rabo em forma de caracol, os pelos muito brancos e limpos, o gato era mais que um animal. Era um brinquedo. Um dia, o brinquedo se zangou e arranhou o menino e doeu. Mal o gato se aproximava, o menino encolhia-se medroso. Mas o bicho chegava perto, enrolava-se na almofada, torcia o corpo, olhava muito o menino, com os olhos claros e muito iluminados, como se quisesse agradar e não tivesse coragem de ir de uma vez. O menino gostava do miado, dos pelos, dos olhos e do movimento do corpo. Tinha vontade de passar as mãos no bichano, mas lembrava-se das patas, das unhas, do corte e do sangue. Encolhia-se e dava um tempo...

ORQUÍDEA RARA

Aquela não era uma orquídea comum... Ele sabia quantos anos demorara para, de cruzamento em cruzamento, conseguir aquela forma, aquelas cores e aquele brilho. Uma flor que parecia dançar, única e bela. Ele se abaixou para sentir como ela o olhava de cima, dona do espaço, orgulhosa de si mesma. Haveria de sentir a inveja dos outros orquidófilos e a admiração das pessoas que a vissem em exposição. Não a venderia por nada. Haveria de ser feliz, mas estava certo de que sofreria muito com aquela orquídea, muito superior e pouco se importando com ele, com nada...

MENSAGEIRO

Quando garoto, Jeremias ajudava nas missas, puxava terços nas casas, até que acabou indo para o seminário. Quando os padres viram que, mais que padre, ele queria ser um santo, aconselharam-no a procurar distração e um outro tipo de vida. Com raiva do clero, foi ser protestante, com direito a uma ou outra sessão espírita.

Casou-se com Marta, irmã de fé, e tiveram três filhos, batizados com nomes do seu livro de leitura diária – a Bíblia: Lázaro, Paulo e Pedro.

Já estava há dez anos no banco, como caixa, quando os ladrões levaram o que deu e acertaram a cabeça de Jeremias. Esteve internado, melhorou um pouco, mas ficou meio louco, com aquela zonzeira na cabeça e a mania de fechar-se no quarto para chorar e anotar maldições bíblicas em recortes de cadernos. No outro dia, postava-se na entrada do antigo banco em que trabalhava, e ia entregando as mensagens aos que entravam.

O ESPELHO E O RETRATO

Olhou no espelho mais uma vez e sentiu-se ainda mais velha. Não viu mais beleza sequer nos verdes olhos grandes, que inspiraram poemas. Observou olheiras e rugas, bolsas escuras abaixo dos olhos, o cansaço dos olhos ainda grandes e verdes. Os dentes artificiais não incentivavam sorrisos. Os cabelos sem brilho ou corte ou tintura não mereciam mais elogios. Desajeitada, sorriu. O espelho refletiu com ironia às transformações.

Olhou para o retrato na parede e viu que o marido morto permanecia o mesmo ou ia ficando mais jovem, os olhos negros brilhando mais, a elegância discreta de sempre, o sorriso disfarçado, nenhuma ruga e cada fio de cabelo em seu lugar.

Com raiva, tirou o quadro da parede e o pôs em cima do armário. Tirou o espelho da parede, não aguentou e olhou-se de novo, e o pôs em cima do armário.

AS MARGARIDAS

A casa estava alugada, os móveis comprados, tudo certinho. Agora, ela acreditava que o casamento sairia. E, antes de morar na casa, cuidou muito do jardim. Quando o sonho se tornasse verdade (depois de vinte anos de espera, só noivando sem que ele marcasse a data do casamento), queria que as margaridas olhassem dos canteiros para os dois casadinhos, entrando na casa. As margaridas, com seus olhares-sorrisos, dariam à noiva a certeza de que tudo daria muito certo. O amor se renovaria sempre, com as margaridas estimulando e acompanhando tudo.

O APRENDIZ DE FEITICEIRO

Era poeta e amava as garotas bonitas, sobretudo as que usavam saias curtas e mostravam belas pernas, seios e nádegas firmes e salientes. A mulher implicava com a mania que ele tinha de caminhar sozinho pela praia. Queria ir junto e ele a impedia. De longe, ela acompanhava o vulto dele desaparecendo. Se visse como os olhos dele iam e voltavam, perdidos naquela selva de pernas, nádegas e seios...

Estava fazendo um novo livro de poemas. A mulher insistia em olhar a tela do computador. Buscava imagens poéticas, tentava se ver nos poemas. Conseguia encontrar pedaços da história de amor que viviam havia mais de vinte anos. Mas não se achava bela e jovem como a musa do poeta. Não tinha mais as pernas tão bem torneadas nem os seios e as nádegas firmes e salientes como a musa. Depois de muito torturar-se, foi tomar satisfação:

– Você me oferece os poemas, põe coisas nossas neles. Mas eu não me sinto a mulher que os inspirou. Será que há outra ou outras?...

– Que besteira, mulher. Você é a única amada. Eu também não sou tão ardente como o eu dos poemas. Sou poeta, meu bem. Um aprendiz de feiticeiro!...

REVIRAVOLTA

Tudo na vida doía-lhe. Estava sempre chateada, sem razão para sorrir. Uma amiga recomendou-lhe uma benzedeira. Não estava em condições de recusar nada, já que analista nenhum e remédio nenhum conseguiram mudar a sua vida. Foi.

A velha mascava fumo, fazia caretas e as lágrimas escorriam e pingavam no chão batido da cozinha.

Nos dedos encardidos e calosos, um terço se movimentava. Ervas molhadas respingavam água no rosto, no corpo e na roupa da paciente. Sonolenta, a moça repetia o que a velha mandava, a cabeça girando, a vista escurecendo.

Dirigir e chegar em casa foram atos difíceis. O corpo moído, como se tivesse levado uma surra. A cabeça girava, a vista embaçava. Mal conseguia fazer o chá de ervas, acender a vela de sete dias e rezar a oração copiada. Depois, dormiu, dormiu e dormiu. Sonhou com seus mortos, antigos amores e fantasmas.

Na tardinha do outro dia, acordou leve e com uma vontade desesperada de viver. Olhou-se no espelho e gostou muito do que viu. Precisava de um bom banho, de lavar e escovar os cabelos, escolher uma roupa bonita e caprichar na maquiagem. Cantava, fazia planos e sorria.

A AMIGA SEMPRE

Não era interesseira, de jeito nenhum. Sempre fora amiga do casal. Morava em casa alugada por eles, pagando um aluguel simbólico. Mas sabia retribuir com amizade, com cuidados e com quitutes gostosos, que fazia como ninguém. Ele gostava de arroz-doce com canela moída em cima e, todas as semanas, lá vinha ela com uma compoteira cheia. Para a amiga, trazia biscoitos de polvilho, moreninhos, como ela gostava.

Foi ao médico com a amiga, como sempre fazia. Abalou-se com os resultados dos exames: um câncer bastante desenvolvido, não adiantava cirurgia nem aplicações, só um milagre. Rezava e chorava, pedindo o milagre. Acompanhou a dor da amiga, com a eficiência de uma enfermeira e a dor de uma irmã. Seu desespero era tão grande no velório e no enterro que recebeu pêsames até da família.

Não era uma interesseira, de jeito nenhum. Como pensava mais nos outros do que nela, instalou-se na casa para fazer companhia e serviços domésticos para o amigo viúvo. Um mês depois, achou melhor desfazer a sua casa, pois um aluguel melhor ajudaria o amigo nas despesas. Até os filhos dele, todos casados, as noras e os netos vivem dizendo: se não fosse a grande amiga, como ele iria enfrentar a viuvez?

PECADOS

Crescera ouvindo sermões de padres, repetidos pela mãe em casa, multiplicados. Os dez mandamentos, os sete pecados capitais e outros inventados pela mãe causavam-lhe temores e tremores. Mal ousava tocar no próprio corpo, sem que mil sinos badalassem maldições e culpas. E recuava-se e escondia-se e esfriava-se em preces e súplicas de perdão. Sentia-se culpada pelo menor pensamento, sem palavra ou obra. E dedicou sua vida às preces e aos pobres.

Foi se definhando para castigar o corpo, sem muito alimento, sem descanso ou tratos.

Um dia, não tendo mais forças, fechou-se no quarto escuro e esperou a morte.

A mãe foi a primeira a espalhar que a filha era uma santa, que sobrevivia sem pão nem água, sem sol ou sono.

E no velório e na missa de sétimo dia, havia centenas de pessoas orando, pedindo graças e oferecendo sacrifícios.

Alguns juram que viram, antes do corpo baixar-se na cova rasa, a alma subir aos céus, leve e quase invisível.

OBJETO DOMÉSTICO

Na longa avenida, há três horas, na fria madrugada, a mulher anda e anda, sem buscar nem perceber ninguém, sem deter ou olhar qualquer vitrine, apenas desviando-se dos carros ou observando o sinal, ao atravessar esquinas.

Queria andar muito, chegar tarde em casa, despertar suspeitas e ciúmes. Queria que os filhos perguntassem com angústia onde esteve. Queria ver a fúria do marido, não medindo palavras para ofendê-la com o seu ciúme. Só não queria chegar e achar a diária e amarga indiferença de sempre. Precisava ter a certeza de que continuava viva e valendo, para não se sentir apenas mais um objeto de uso doméstico.

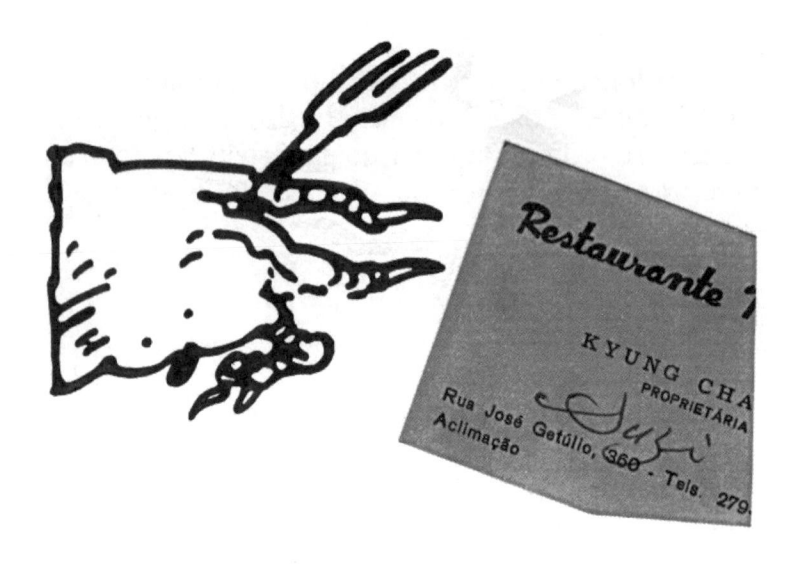

AS PETÚNIAS

Quando as petúnias se abrissem, haveria de conversar com elas e a sua vida íntima não seria exposta às pessoas, mas a elas. Estava precisando muito de um desabafo e só suas flores preferidas teriam paciência de ouvi-la, sem qualquer palavra de crítica ou de censura. Pena que demoravam tanto a abrir-se. Na última vez que se abriram, contou-lhes tudo o que lhe doía. Depois, murcharam e muita coisa aconteceu-lhe. Muito homem entrou e saiu de seu quarto. Muita gente falou o que quis de sua vida.

Cada homem deixou uma história, muita alegria e muita dor. Para não se esquecer de nenhum e de nenhuma história, anotou dados essenciais.

Riu e chorou muito. Enfrentou o mundo e quedou-se insegura. Agora, respirava diferente, aliviada. As petúnias anunciam o seu desabrochar. Haveria de ficar horas e horas conversando com elas...

A BELA FERA

Durante a viagem, o homem a quem dei carona me descrevia a sua mulher com uma admiração incontida. E eu ficava só imaginando como deveria ser aquela mulher tão bela, amável, culta, boa dona de casa, amante alegre, apaixonada pela vida e que sabia dar tanto valor ao seu homem. Uma pessoa ma-ra-vi--lho-sa, como ele dizia, separando e dando ênfase às sílabas. Quem não gostaria de conhecer uma mulher assim?

Aceitei o jantar que ele me ofereceu, mais por curiosidade do que por fome. Conheci a maravilhosa. Confesso que é uma mulher fina, me tratou bem, fez um jantar delicioso. Quando se aproximava, eu procurava desviar o olhar, não querendo aceitar a realidade. Se olhasse, comprovaria o que estava pensando: poucas vezes vi mulher mais feia. Queixo grande e saliente, pele em erosão, olhos de cão doente, cabelos ralos e escorridos, oleosos e sem trato, uma falha de dente logo na frente da parte superior, lábios tão finos que não se viam e um corpo tão magro como se não comesse nada há anos... Tão educada e fina, pobre fera.

ALTAMIRO E O ROQUEIRO

Muitos invejavam o Altamiro. Mulher bonita a Mariana, igual não havia na cidade. Altamiro era um sucesso nos negócios e caminhava altivo como um cavalo de raça: sorriso largo, cabeça erguida, ombros musculosos e firmes, uma cabeleira de anúncio de xampu, olhos atentos para perceber a admiração alheia, fala grossa e imponente. Os homens o invejavam e as mulheres sonhavam com ele.

Uma noite, Altamiro e Mariana foram ao *show* de um roqueiro famoso. Aplaudiram de pé, cumprimentaram o moço no camarim. Levaram o moço e a banda para jantarem na mansão. Beberam, comeram e falaram muito, cantaram e tocaram para os anfitriões. Altamiro implicou com o roqueiro e suas vantagens. Só ele falava de seus discos de ouro, seus sucessos e contratos. Mariana ouvia encantada e Altamiro bebia muito.

Quando Altamiro dormiu no fogo, Mariana e o roqueiro sumiram.

Hoje, Mariana aparece nos jornais, nas revistas e na televisão, grudada no roqueiro. Vai posar nua para revistas femininas, estuda proposta para fazer novela na tevê.

Altamiro, abatido, ombros caídos, olheiras fundas, olhos no chão, sorriso amargo, muito calado e sozinho, amarga as saudades de Mariana.

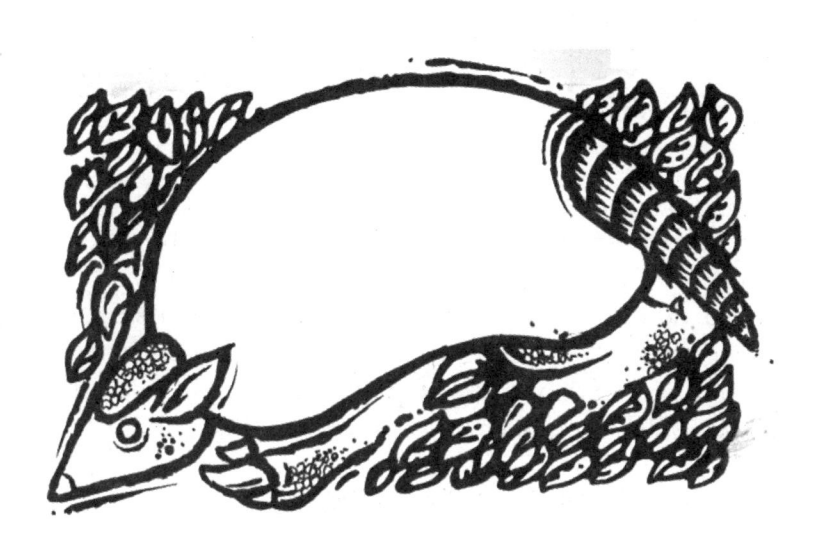

TATUPEBA

Vendo o tatupeba no calendário ecológico, o menino falou pro pai:
— Tenho muita pena do tatu, pai!
— Por que ele está em extinção?
— Não, porque ele é feio pra danar. Essa casca grossa no corpo dele, esse rabo duro, a orelha miúda demais pro tamanho do corpo, esse focinho de furar viaduto, coitado! Vai ser feio assim lá no inferno! Por que será que ele tem essa casca tão grossa nas costas, pai?
— Deve ser pra ele se proteger dos espinhos, do frio, do vento, sei lá...

— Sabe quando eu queria ter uma bunda grossa desse jeito?
— Quando, menino bobo?
— Quando faço arte e você me dá umas palmadas. Não ia sentir nadinha!

AS ROSAS

Receber rosas era demais para ela. Ficava excitada, toda tonta só de pensar. Se ele mandasse uma flor mais simples, mais feia, não se sentiria assim: muda, perplexa e inferiorizada. Não sabia como enfrentá-lo à noite, depois de ter recebido tantas rosas amarelas, exageradas em beleza e luz. Rosas eram demais para a sua feiura, para a sua idade, para a sua simplicidade de empregada doméstica. Rosas eram flores para as patroas, não para gente como ela.

Perdida de encanto pelo homem e pelas rosas, mas sofrendo muito com elas nas mãos, não sabia o que fazer. Talvez quisesse mesmo sumir para debaixo da terra, derreter-se ou morrer. Tudo, menos receber rosas. Como enfrentar o homem bonito e fino, depois de receber aquelas rosas amarelas?...

NO BANCO DA PRAÇA

No banco da praça, com o rosto entre as mãos, pouco ligando para os que passavam nem para os que se sentavam em volta, desesperadamente a mulher chorava.

Era de doer uma mulher tão jovem e tão bela chorando e chorando. Tossi perto e forte, ela nem me notou. Continuava o choro solto e desesperado.

— Posso ajudá-la em alguma coisa? Talvez um médico, uma carona, uma ajuda qualquer... Estou às ordens.

Ela levantou a cabeça e os olhos me cortaram com raiva, como se fosse eu o culpado. Andei. Não conseguia me desligar da mulher. Olhei para trás e vi que o seu desespero aumentava. Cada vez mais o rosto se escondia nas mãos e, agora, os cabelos cobriam-lhe o belo rosto.

Estava certo quando pensei que nunca mais esqueceria aquele rosto belo e desesperado. Hoje, procuro-a inutilmente em cada banco de praça.

NA SOLIDÃO DA CASA ABANDONADA

Quando o vulto da mulher desapareceu na esquina, carregando na mala os seus trapos, o cabelo despenteado, o corpo encurvado, ele fechou o portão e entrou no alpendre. E olhou para a rua longamente. Entrou, olhou para cada cômodo da casa, para cada móvel, para cada enfeite ou detalhe. Tudo estava perfeitamente limpo e no lugar certo. A pobreza não provocava sujeira ou descaso da mulher. O espelho mostrava um homem muito pobre, sujo e condenado. Sentou no pé da cama de casal e chorou longamente, certo de que o pranto agora não mudaria nada...

Tirou a corrente que prendia o cão, que saiu latindo atrás do cheiro da dona. Entrou na cozinha, apanhou a garrafa de cachaça começada e bebeu-a toda no gargalo. Apanhou as poucas roupas que tinha, colocou tudo numa velha mala de papelão.

Saiu tonto e resolvido. Fechou a porta da sala e jogou a inútil chave no quintal, o mais longe que conseguiu. Sua casa agora seriam as sarjetas. Já não havia ninguém para impedi-lo de cumprir o seu destino. Soltou uma gargalhada, limpou uma lágrima e soltou o corpo como se dançasse, como se fosse dia de festa.

SURPRESAS

A empregada achou esquisito, mas o patrão era mesmo meio loucão. Os moços da entrega disseram que o endereço batia e foram deixando caixas e mais caixas de livros. Nunca vira sequer um jornal nas mãos do patrão. Por certo tomou gosto por leitura naquela viagem demorada...

Mais tarde, chegaram estantes e mais estantes desmontadas. No outro dia, vieram os montadores. E não sobrou espaço no quarto de visitas; do chão ao teto, só estantes. Apenas a janela e a porta ficaram livres.

Antes do patrão voltar, veio um rapaz e foi só abrindo os pacotes, distribuindo os livros nas estantes, marcando-os com fichas. Serviço terminado, chegaram a mesa, a poltrona, a cadeira giratória e o computador. Veio um outro moço e montou a extensão do telefone.

A empregada observava tudo com espanto. Só esperava o patrão chegar para explicar-lhe tudo. E o patrão chegou com uma jovem alegre, simpática e bonita, dizendo que era escritora.

Os dois em casa, viviam aos risos, beijos e abraços. Quando ele saía, a moça fechava-se no escritório. A empregada pensava que a patroa estava sozinha.

Mas a moça escritora vivia cercada por seus personagens e viajava por terras desconhecidas, sem sair daquele quarto.

DESFECHO

Quando o dinheiro acabou e ninguém quis mais vender fiado o leite para Sueli Aparecida, a mãe tomou coragem. Telefonou para a patroa, que a ajudou, pois queria a criança. Quando ela se negou a dar a filha, ela pagou o hospital, como se comprometera, e mandou que ela desaparecesse. Se mudasse de ideia, sabia o número do telefone. Mas só queria saber da criança. Ela que sumisse no mundo, pois era uma mal-agradecida.

Numa caixa de camisa, pôs as poucas peças do enxoval da menina, bem lavadas e passadas. Não era como o enxoval que a patroa deu e tomou, mas valia o capricho, o amor, o cuidado. Arrumou tudo e esperou-a...

A patroa só quis a menina com a roupa do corpo, nada daquele enxoval. Abraçada à caixa, olhava o carro desaparecer na longa rua empoeirada. Os olhos e o corpo secos, sem forças para chorar.

Emendou as fraldas umas nas outras e experimentou a resistência do nó. Subiu na cadeira e, antes de soltar o corpo, olhou de novo o retrato e rezou por sua Sueli Aparecida. O corpo ficou pendurado no centro da saleta. As fraldas aguentaram fácil o corpo frágil.

PRIMAVERAS DESIDRATADAS

Nas mãos, um arranjo muito bonito de primaveras vermelhas, desidratadas. Ele chegou muito alegre, falando em viverem juntos, até que o divórcio acabasse. Ela esperava o convite, mas arrepiou-se assustada. Já sabia como seria difícil convencer os irmãos e os pais, já velhos e doentes. Mas tratou de não pensar muito, apanhou o arranjo de primaveras, agradeceu, comentou a beleza dele e disse *tá*. Melhor não acertar detalhes naquela hora. Convidou-o para tomar um cafezinho e assim ganharia tempo para pensar como acertariam a vida...

RELACIONAMENTO FAMILIAR

O irmão não largava do baralho, sempre fazendo paciência, jogando sozinho. A irmã tricotava e via novelas de televisão.

Se o telefone tocava, os dois olhavam para o aparelho e não atendiam. Separadamente, davam ordens à empregada e ao administrador das terras. Só abriam a porta para eles. Aos domingos, sem a empregada, cada um fazia separadamente a sua refeição. Nunca falavam a mesma coisa.

– A mamãe foi uma santa! Não sei como aguentou o papai, aquele tarado por meninas – ela resmungava, como se conversasse sozinha.

– Ela só sabia gastar, gastar. Não sei para que tantas sedas, joias, cristais e porcelanas. Jogava dinheiro fora! Qualquer dia vendo tudo, junto o dinheiro e desapareço – ele gritava, sem olhar para a irmã.

À noite, depois das novelas, ela se fechava e rezava para a alma da mãe, pedindo que a viesse buscar. Acendia velas, queimava incensos.

Ele se fechava no quarto, completamente nu. Folheava as revistas pornográficas e se encolhia e se tocava, sonhando com as meninas que o pai em vida possuíra.

EXPERIÊNCIAS

O pai dizia que a coruja via no escuro. O menino queria ser como a coruja. Apagava a luz do quarto, fechava os olhos e saía esbarrando em tudo. Aí a mãe viu e disse que a coruja não fazia daquele jeito. Ela abria muito bem os olhos e via tudo. Aí ele viu que não era tão difícil assim ser coruja. Dois dias depois, cansado de ser coruja, quis ser daquelas bruxas que voavam em volta da luz. Já aguentava subir na escada e ficar de olhos abertos pertinho da luz, só lamentava não poder voar ainda. Mas a mãe disse que a luz cegava a bruxa e por isso ela se debatia pra lá e pra cá. Desistiu de ser bruxa também. Aí, ele começou a rosnar feito cachorro...

CHEIRO DE ESPERANÇA

Na sala, um grande baú com o enxoval caprichado. Bordados e rendas em linhos e percais traziam marcas e lembranças da mãe, das tias e dela própria. Tudo muito caprichado, uma arte como só as mulheres da família faziam. No avesso, nem se notavam os arremates. Nos lençóis, toalhas, fronhas, colchas e almofadas, as suas iniciais e as do noivo com as letras de acordo com o tamanho da peça. Em relevo, pássaros, flores, frutos, galhos e folhas, em discretas cores e minúsculos pontos. Tudo engomado, as dobras certas, certas as divisões em roupa de cama, mesa, copa, cozinha e banho.

No fundo do baú, a peça mais preciosa: um álbum com muitos retratos dela e do noivo. Juntinhos sempre, em festas, bailes, excursões, ou passeando apenas no jardim, abraçados. As fotos traziam remotas e alegres marcas de um tempo em que havia família, noivo e sonhos.

Aquele baú trazia um cheiro amargo de saudades, trazia marcas do que um dia fora só doce esperança.

RECUPERAÇÃO

Não poderia viver assim encolhida, com medo da vida. Perdera marido e, depois, o filho também partira sem dar notícias. Nenhum parente, sozinha no mundo. A vida ainda pulsava-lhe, sentia desejos e sonhava. Tinha vontade de estar com alguém intimamente, conversar, divertir um pouco. Se saísse, talvez pudesse encontrar um amigo, um companheiro. O marido e o filho não voltariam mesmo, eram homens do mundo.

Sentia-se bonita, mesmo com os fios brancos de cabelos se misturando com os pretos insistentemente. Tinha um rosto triste, mas suave. As rugas poucas e exatas marcavam a maturidade. Não engordara nada, o mesmo corpo de vinte anos atrás.

Vestiu uma roupa alegre e discreta. Pintou os lábios, ajeitou os cabelos, olhou-se no espelho e sorriu confiante.

Sem rumo certo, sem planos definidos, ligou o carro e saiu.

OS GIRASSÓIS

O barraco era tão pobre, as panelas tão vazias, um cheiro tão forte de urina e fezes de criança e bicho, tantos detritos amontoados, com moscas voando sobre eles, que a assistente social fazia um enorme esforço para reter as formas e o brilho daqueles girassóis imponentes.

TIPO DE VIDA

Todas as madrugadas, ele a esperava quietinho numa banqueta junto ao balcão, tomando caipirinha.

No palco, ela dançava, contorcia o corpo, soltava gemidos, tirava a roupa, endoidecia os homens e recebia aplausos, flores e bilhetes.

Fim da noite, ela jogava as flores e os bilhetes no lixo, junto com o algodão com que retirava a maquilagem.

Saíam rindo muito, soltos e felizes. Ficavam namorando nos bancos da praça, um alisando o rosto e os cabelos do outro, abraçavam-se e beijavam muito. Em pé, um corpo entrava para dentro do outro. Até que os galos começavam a cantar e o sol nascia. Iam para casa tranquilos, um dono do outro, donos da cama e dos sonhos.

A CARTA

Aquela carta punha fim em tudo. Não sabia como ele encontrou coragem e frieza para escrevê-la, depois de tantos anos juntos.

Sentiu tanto ódio que rasgou a carta e as fotos, quebrou os presentes dele e falou muito nome feio.

Depois, pôs no fogo um bilhete que havia escrito há um mês e não tivera coragem de o entregar. Nele estavam escritos quase as mesmas coisas: estava tudo acabado, precisava partir, tinha encontrado outro, só queria que a amizade fosse sempre a mesma. Só não se conformava de não ter tido coragem de entregar o seu bilhete. E a carta dele era como um tapa na cara. Seria bem melhor se o tapa fosse dado por ela...

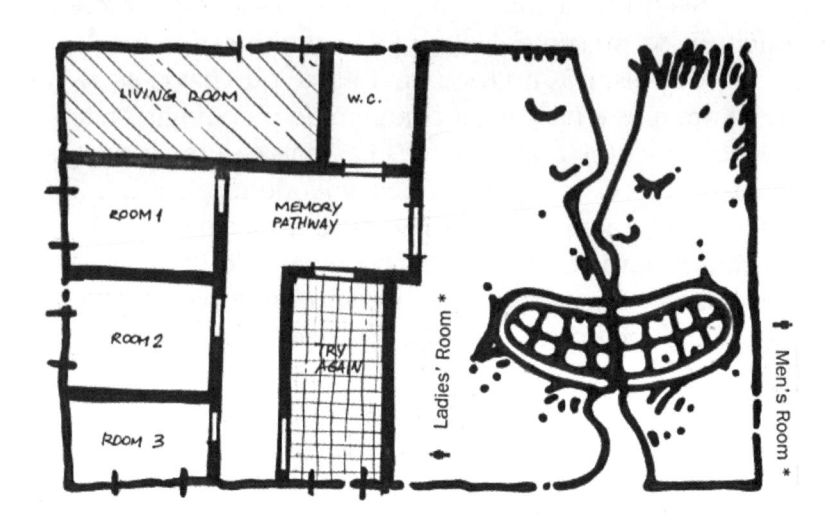

SÓ NAMORINHO

– Você está diferente, minha filha. Está mais bonita, os olhos mais brilhantes, o rosto luminoso, o corpo meio de bailarina, até os seus cabelos brilham mais. Sou mulher e não me engano, deve ser amor...
– Bobagem, mãe.
– Pode falar, eu compreendo. Não vou criar caso e até posso ajudar você. É, porque não vai ser fácil convencer seu pai, seus irmãos... É um homem, não é?
– É.
– E ele sabe de tudo, sabe de seus filhos, do desquite? É solteiro? Não me venha com mais problema, unindo-se a homem com filhos, que nunca dá certo.

— Mas eu não vou me unir... É só um namorinho.
— Um namorinho que pode durar. Ele é casado? Tem filhos?
— Tem dois, como eu. O menino chama Carlos e a menina Tatiana.
— Que coincidência!...
— E o nome dele é Carlos também...
— Então vocês dois vão voltar? Que bom! Nem acredito... É o Carlos?!
— Eu não falei que era só um namorinho, mãe?

PELO TELEFONE

— Assim pelo telefone fica difícil a gente conversar. Mas você já pensou muito? Não acha que está sendo apressada? Largar o Carlos, um homem daqueles!... Acho que vai ser uma fria danada. E largar o Carlos por causa do Beto, um galã de subúrbio, um cara que só quer curtir a vida, que não para com mulher nenhuma. O quê? Essa não!... Você também não quer parar com ele, é só uma aprendizagem? Mas como?... Já está pensando em arrumar coisa melhor? Ocê tá é maluca, mulher! Eu fazendo uma força dos diabos pro Eduardo ficar comigo até a morte, não posso acreditar... Se eu encontrasse um Carlos na vida, ninguém me tomaria ele, e eu não teria mais olhos pra ninguém...

SEM OUTRA SAÍDA

— Como é que o senhor não casa? Na hora do amorzinho, do esfrega, não tinha essa de desempregado. Vai ter que casar, sim. O senhor acha que vou ficar com filha barriguda e, depois, com mãe solteira em casa?
— Mas, seu Eduardo, não estou negando. Vou casar, mas preciso antes de um bom emprego.

— Com sua boa vontade, quando arrumar o tal de bom emprego, já vou ter neto pra casar. Ou casa por bem ou por mal, com revólver nas costas...

— Mas como vou montar casa sem dinheiro?

— Já estou montando o quartinho no fundo pra vocês três.

— E como vou manter a família sem emprego?

— Já está empregado. Vai me ajudar no sítio e a Lena vai pra cozinha ajudar a mãe. Vai passar roupa, encerar, com ordenado e tudo.

— Nunca capinei, nunca tirei leite, nunca...

— Tudo tem uma primeira vez. Ou tem a última... Ocê escolhe!

— Pensando bem, deve ser bom trabalhar no sítio, ar fresco, muito verde...

— Então vamos chamar as mulheres para marcar a data...

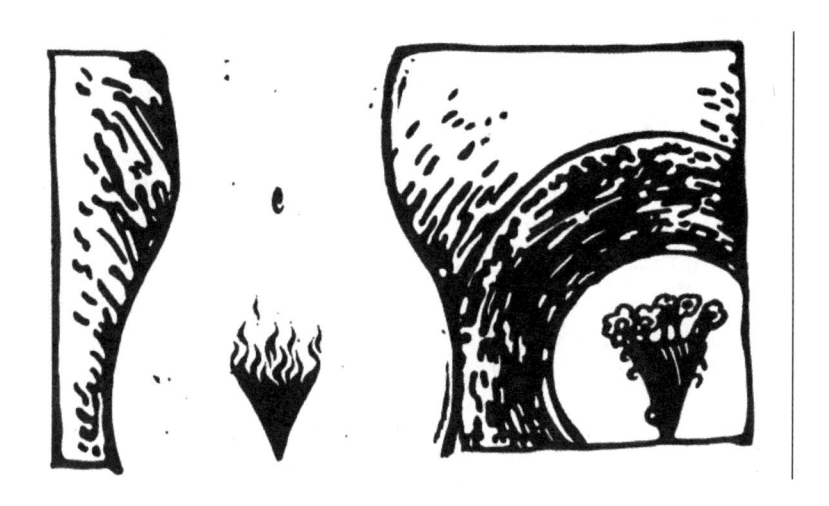

O CALENDÁRIO

Seios grandes, pernas bem torneadas, mão tapando o sexo e a outra nos grandes quadris, cintura mínima, lábios grossos, olhos que convidam e convidam, dentes perfeitos, mulata de cabelos crespos caindo nos ombros. E o rapaz não conseguia dormir, só olhando o calendário, fechando os olhos e sonhando com o seu corpo bem dentro daquele corpo. Já tinha tudo planejado: fugiria de casa, correria mundo até encontrá-la. Já havia escrito para a fábrica de pneus que patrocinou o calendário, e nada. Escreveu para a seção de cartas de uma revista masculina e disseram que não tinham autorização para dar nomes e endereços das modelos. Gastou um dinheirão nos classificados de jornais, procurando a mulata do calendário, oferecendo recompensas (que ele mesmo não sabia de onde sairia), e nada. E ela continuava mais bela e mais provocante. Nos sonhos, dizia que estava esperando por ele. Ele ainda a descobriria, nem que fosse no inferno.

AS FLORES, AS FLORES...

Ela não gostava tanto das samambaias da filha mais velha, caindo do teto ao chão, de um verde forte e brilhante. Pareciam-lhe frias, de plástico.

Não gostava tanto das hortênsias gordas e saudáveis da segunda filha. Achava que eram flores exageradas, damas gordas que só pensavam em bombons.

Não tinha simpatia nenhuma pelas dálias da caçula. Tão irregulares nas formas e nas cores, comuns demais, quase vulgares no exagero.

Sabia que eram belas as rosas da irmã solteirona, mas pouco íntimas. Flor assim gosta é de ser amada, adulada, e não gosta de ninguém.

Soberbas demais as orquídeas da sogra. Se a sogra tivesse alguma beleza que justificasse, por certo as orquídeas se pareceriam com ela.

Plantava jasmins porque o marido gostava. Olhava para eles suspirando, quando o marido partia naquela vida difícil de viajante.

Longe da soberba sogra, da presença exigente do marido (até gostava dele, ou se acostumara), das conversas fúteis das filhas, das fantasias da irmã solteirona, conversava com as suas violetas roxas. Tão miúdas, tristes, caladas e frágeis, como ela.

PEIXE-ANJO

O pai mostrou para o menino um peixe-anjo no calendário ecológico de um grande banco. O menino olhava que olhava, gostando muito das escamas muito azuis, da aparência de asa, do rabo meio sol de pontas, dos olhos feito brasas com uma ponta preta no meio, da boca fechada em bico como se beijasse.

De noite, o menino nadou por muitos rios, por muitos mares, montando no peixe-anjo, que voava mais do que nadava, sempre com ele nas costas.

Quando acordou, o menino contou o sonho para o pai e perguntou:

— Se o meu peixe um dia se cansar de ser anjo de rio e de mar, será que vai querer me levar pra passear no céu?

— Só quem morre vai pro céu! Você quer morrer? — perguntou o pai.

— Eu não. Só quero ir no céu pra ver como é! Não pra ficar. Deus me livre!...

MARCAS PREJUDICIAIS

Nem depois de ter sido espancado até desmaiar-se, nem depois de ver sua mãe e a sua raça desmoralizadas, nem depois de mostrar-se frágil e faminto, nem depois de ter jurado por Deus inocência, nem depois de ter sido revistado e sua casa invadida e a família humilhada e espancada, ele conseguiu provar que era um engano, que era um trabalhador apenas desempregado, que o ladrão do mercado só poderia ter sido alguém parecido com ele nas vestes, na fome e na cor.

REJEIÇÃO

— Seu menino é uma graça! Acho que vai ser a sua cara. Vou trazer...

— Não, eu não quero.

— Eu nunca vi uma mãe assim...

— Tia, o que você sabe de ser mãe? Nunca usou o seu corpo...

— A palavra usou mostra bem como você se subestima. Não pode ser assim, minha filha. Você é tão nova e bonita.

— Vai começar de novo com moralismo? Estou cheia! Sem essa, tia. Não se fala mais na criança. Tá?

– Eu já disse que ajudo você a criar o menino...

– Já disse para pôr fim nesse assunto idiota.

– Com o tempo seus pais aceitarão você e o neto, e tudo muda.

– Tia, pare com isso, que não vou atrapalhar a minha vida. Eu já dei a criança pra enfermeira encaminhar para um casal e pronto...

– Você teve coragem, minha filha? Sua criança!...

– Que bobagem, que sentimentalismo tolo! Você só viu o menino uma vez. Por que está chorando por ele?

– Não estou chorando por ele, estou chorando por você...

DIFÍCIL RECUPERAÇÃO

Julieta nunca mais se recuperou, depois daquela visão da morte.

Primeiramente, a cidade ficou às escuras – ou só ela sentiu a escuridão?

E o vento veio forte e frio, cortando o corpo e o verão. A casa inundou-se do cheiro doce e enjoativo de dama-da-noite, entrando pelas narinas, pela boca, até provocar vômitos. Depois, um raio de luz intensa cortou a sala. E veio vindo não se sabe de que funda distância um gemido de um animal ou de gente que, não conseguindo articular sílabas, soltava gemidos. Julieta sentiu em todo o corpo a morte e arrepiou-se mais, chorou abafada, sem som ou lágrimas. O medo, o medo e a pressa de que tudo passasse, mesmo que, para acabar com o pânico, perdesse a vida.

Dez minutos durou a agonia e, depois, a cidade se iluminou de novo, fez-se até mais bonita e colorida, assustadoramente provocante. Mas Julieta não via luz, sons não ouvia, sentia-se apagada, sem vida. E nunca mais se recuperou...

CONVOCAÇÃO SINISTRA

Depois de deixar a casa em ordem, chão brilhando, flores nos vasos, samambaias cada vez maiores e mais verdes, convocou toda a família para um almoço. Queria dar-lhes a notícia de um modo solene.

Todos bem-alimentados, com vinhos e cervejas na cabeça, já pedindo cama, deu-lhes a notícia. Estava com um câncer que, não tratado a tempo, espalhara-se pelo corpo. Não haveria muito tempo de vida.

Todos protestaram, perguntaram se estava louca, a aparência tão boa, não havia se queixado de dor durante toda a reunião, os sorrisos...

Ela disse-lhes que ninguém ali sabia como estava padecendo, não tanto pelas dores, mas por saber que estava perdendo o maior bem: a vida. Só fez a reunião porque queria que ficassem sempre unidos e alegres assim, que se lembrassem dela sempre assim. Nada de choros, lutos e lamentações. Se não viveu o tempo que quis, viveu como quis. A morte exige dignidade. Assim, era para ela, assim queria que fosse para eles.

Quando os filhos, netos, noras e genros começaram a chorar, ela serviu o seu licor de jabuticabas, que todos amavam. Aumentou o volume do rádio e pediu que dançassem um pouco. Dançou e cantou como se comemorasse uma alegria muito urgente.

NAS FOTOS

Nas fotos, as festas, os feitos, as feras, os fatos, o tempo...

Maria, o namoro, o casamento, a lua de mel, o primeiro filho, o segundo filho, as brigas, as pazes, as brigas, a separação, as mágoas, o afastamento, as raivas, a solidão, as festas, a nova namorada, o amor, a nova paixão.

Helena, agora a mulher, a casa nova, a lua de mel, as festas, as fossas, o terceiro filho dele, o primeiro dela, planos, alegrias, muita conversa a dois, depois as festas, as viagens, as rusgas, os ciúmes, as brigas, os gritos, a separação, ódios nos telefonemas, mágoas nas visitas, a solidão, as festas, namoros, nada de compromissos, troca de carro, festas, viagens, aniversário do primeiro filho, um presente bonito, sem jeito na festa, Maria bonita, agradável.

Maria, visita semanal, os filhos, Maria, sorrisos, jantares, almoços, juntos em festas nas casas de amigos, bares noturnos, bebidas, cigarros, dança, corpos colados, abraços, beijos, lembranças, o carro, a estrada, beijos, abraços, lembranças, o motel, a volta...

AS SEMENTES DA ROMÃ

    O menino gostava de abrir uma romã muito madura e de ficar observando a firme estrutura amarelada que segurava os muitos bagos vermelhos. Depois, ia desmontando aquela fruta meio favo. Gostava de apertar entre os dentes as sementes vermelhas. Delirava-se com o caldinho meio doce e meio azedo descendo-lhe pela garganta, feito vinho tinto misturado com água e açúcar, como o pai fazia para ele beber, para que deixasse o puro vinho em paz. Gostava de pôr as demais sementinhas num vidro pequeno e muito branco, bem lavado. Na escola ou em casa, mostrava as pedras preciosas que tinha, uma verdadeira fortuna, que daria para comprar um avião a jato e um iate para sair aí pelo mundo todo muito doidão...

O PAI E O NATAL

O pai não bebia mais do que um copo de cerveja, só para fazer companhia. Mas no Natal, que era aniversário dele e de uma das suas filhas, comprava muito vinho, cerveja e uísque. Para comer, carneiro, galinha, cabrito, leitoa. Muita fruta enfeitava a mesa de Natal e a mãe implicava para não atrapalharem o arranjo antes da hora.

No almoço, já começava a cervejada, filhos e sobrinhos bebendo solto. Mas havia a chance de dormir à tarde e melhorar.

À noite, antes da ceia, era a vez do vinho, do uísque e da alegria das línguas soltas.

Na ceia, o pai já comia de cara amarrada. Tinha raiva de bebedeira, detestava gente que não sabia beber e só servia para estragar a festa.

– Mas então por que não comprou só guaraná, homem? – minha mãe dizia.

– Porque achei que já tinham tomado vergonha, depois da bebedeira do Natal passado! Se eu soubesse, não ia fazer ceia nem nada...

No outro Natal, tudo se repetia. Pena que não se repetiu por muitos anos, pois o pai morreu de enfarto aos 56 anos... e, com ele, morreu a graça do Natal.

AMOR DE FIM DE SÉCULO

Aqui estou, amiga-inimiga, indiferente, sem ilusão, sem passado, presente ou fé. Trago-lhe tristes risos tontos, rotas rosas de plástico, vestes descoradas, marcas de mentiras, olhos tristes e vermelhos, suores, poucas carnes e marcas fundas de caminhos sem cores. Na boca, frágeis sílabas, curtos risos e a vontade de beijá-la. Como um cão que põe a vida num gemido, como um mendigo, digo: isso é tudo e estou louco, cego, surdo e carente. Parti prometendo tudo, prometendo-lhe o mundo, mas o mundo não há mais. Venho sem cirandas, sem antigas cores, adornos, sonhos, sons e sóis. Tudo acabou e me acabei, mas não há rancor e um pouco de carinhos ainda lhe posso oferecer.

Aqui estou, amiga-inimiga, e peço-lhe para deixar-me sondar o seu inquieto sono, vigiar os seus abismos, as suas pálpebras roxas e as suas diárias falências. Aceite meu beijo calado e carente, e me deixe envolver nos seus cabelos, segurar o seu corpo, juntar os nossos corpos de náufragos. Quem sabe haja sentido na paisagem que envolve o seu quarto quieto e quente e juntos apagaremos sombras e mataremos mitos e fantasmas? Quem sabe a gente descobre a gente, o que há além do nosso silêncio, o que fomos perdendo de verde, amiga-inimiga?

OBRAS DO AUTOR

CONTOS

A mal-amada, Imprensa Oficial de Minas Gerais
O tempo, Camila, Imprensa Oficial de Minas Gerais
Inquieta viagem no fundo do poço, Civilização Brasileira
Um pássaro em pânico, Ática
Passageiros em trânsito, Lê
O grito dos torturados, Nova Fronteira

ROMANCES

Inventário do inútil, Civilização Brasileira
Armadilhas da solidão, Lê

CONTOS JUVENIS

Primeiras lições de amor, Formato
De amora e amor, Atual
Toda sorte de magia, Lê
O furta-sonos e outras histórias, Atual
Amor, mágica e magia, Editora do Brasil
(Re)Fabulando, Paulus (um volume publicado, quatro no prelo)
A gula da avó e da onça, Paulinas
O macaco e a morte, Paulinas

NOVELAS INFANTOJUVENIS

Dias de susto, Melhoramentos
Curtições de Pitu, Melhoramentos
Saudoso, o burrinho manhoso, Melhoramentos
Os fabulosos macacos cientistas, Melhoramentos
Cidade da pá virada, Melhoramentos
O fantasma no porão, Melhoramentos

Jogo Duro, FTD
Com asas na cabeça, Editora Nacional/Ibep
Um sapo meio pirado, Lê
Sorvete sabor saudade, FTD
De repente toda história novamente, FTD
Vaidade no terreiro, FTD
Um casório bem finório, FTD
Os vários vôos da Vaca Vivi, FTD
De violões e sonhos, FTD
Vera Lúcia: verdade e luz, Saraiva
Vó Melinha, cigana e rainha, Scipione
O herói abatido, Moderna
O baú de sonhos, Lê
Os primeiros vôos do menino, Editora do Brasil
O que conta no faz-de-conta, Paulus
O mundo todo revirado, Paulus
Mundo criado, trabalho dobrado, Atual
Uma escola assim eu quero pra mim, FTD
Bolo pra festa no céu, Santuário
Lições de telhado, Ave-Maria

POESIA PARA ADULTOS

A dança das descobertas

POESIA JUVENIL

Cantigas de adolescer, Atual
Noites de lua cheia, Lê
Amor adolescente, Atual (no prelo)

POESIA INFANTIL

Um pouco de tudo, Paulus
Caixa mágica de surpresa, Paulus
No balancê do abecê, Paulus

Noites de lua cheia, Mercado Aberto
O jogo da fantasia, EBAL
O jogo do bate-bate, Globo
Namorinho de portão, Moderna
Segredinhos de amor, Moderna
Félix e seu fole fedem, Paulinas
O jogo das palavras mágicas, Paulinas
Cantos de encantamento, Formato
Sem pé nem cabeça, Formato
Só um cara viu, Lê
A toada do tatu, Lê
Quem lê com pressa tropeça, Lê
Um rei e seu cavalo de pau, FTD
O incrível bicho homem, FTD
A estrela e o Deus-menino, FTD
O pintor e as bailarinas, Dimensão
Luta tamanha quem ganha, RHJ

DIDÁTICOS

Redação escolar: análise, síntese, extrapolação, FTD
Machado de Assis, Ática

OBRAS ORGANIZADAS

Setecontos setencantos, FTD (5 volumes)
Berimbaú e outros poemas: Manuel Bandeira para
    criança, Nova Fronteira